U0164994

勒 克 莱 齐 奥 作 品 系 列

MYDRIASE
SUIVI DE
VERS LES
ICEBERGS

J. M. G. LE CLÉZIO

〔法〕勒克莱齐奥 著

樊艳梅 译

人民文学出版社
PEOPLE'S LITERATURE PUBLISHING HOUSE

著作权合同登记号　图字 01-2023-3658

J. M. G. Le Clézio
Mydriase suivi de Vers les Icebergs

© Editions Mercure de France，2014

图书在版编目(CIP)数据

向冰山而去/(法)勒克莱齐奥著；樊艳梅译.—
北京：人民文学出版社，2024
(勒克莱齐奥作品系列)
ISBN 978－7－02－018360－9

Ⅰ.①向…　Ⅱ.①勒…②樊…　Ⅲ.①散文集-法国
-现代　Ⅳ.①Ⅰ565.65

中国国家版本馆 CIP 数据核字(2023)第 225978 号

责任编辑　卜艳冰　郁梦非
装帧设计　钱　珺

出版发行　人民文学出版社
社　　址　北京市朝内大街 166 号
邮　　编　100705

印　　刷　凸版艺彩(东莞)印刷有限公司
经　　销　全国新华书店等

字　　数　46 千字
开　　本　787 毫米×1092 毫米　1/32
印　　张　3.75
版　　次　2024 年 1 月北京第 1 版
印　　次　2024 年 1 月第 1 次印刷

书　　号　978-7-02-018360-9
定　　价　55.00 元

如有印装质量问题,请与本社图书销售中心调换。电话:010－65233595

目录

瞳孔放大

Mydriase

一开始，双眼并不看。它们张着，在眼睑的帷幕间，但它们是黑的。它们没有光。因此，这是初始时分，真正的初始时分。夜是如此黑暗、黏稠，没有一丝生命的气息，没有一颗星星，甚至没有一只萤火虫，仿佛是在城堡内的一个小房间里，混凝土墙壁、混凝土天花板、混凝土地面和混凝土门帘。他[1]的的确确是在他自己的

1　此处原文为 on，是法语里的泛指人称代词，可以表示"我""你""他 / 她 / 它""我们""你们""他们 / 她们 / 它们"，或者"大家""人们""某个人"……意义十分宽泛。这篇短文通篇以 on 为主语，其间插入了 je（我）、nous（我们）、vous（您、你们）。根据这第一句话中的主有形容词 sa，本文大部分时候将 on 译成"他"。文中所有脚注均为译注。

脑袋里，而没有知觉的眼睛就像是盲人苍白的眼睛，看不到光的点与线。不再谈论耳朵、皮肤、鼻孔以及任何其他的东西，比如囟门或者松果眼，因为熄灭的眼睛熄灭了身体中的一切。里面有思绪、忽然的心跳、四肢的颤动、嘴唇后面跳动的词语。但这一切仿佛是盲人过马路时小心的试探。

眼睛前面的一切是如此黑暗，如此黑暗。没有颜色，没有光亮，没有线条、形象。世界一动不动。在一动不动的双眼前面，他安然坐着，双腿固定，脑袋直立，双臂放在石椅的扶手上，脊椎骨又硬又直，腹部并不呼吸，因为这是一个高大的巨人，仿若一座漆黑的山，不可动摇。

抑或，他自己就是这个坐在山上的巨人，沉重的双腿放在山谷里，双手放在高高的山脊上，脖子和脊背挺直，脑袋伸入云间那无法呼吸的虚空。当然，他一动不动。他只看见天地间永恒的黑暗，而严寒用冰霜覆住他的脸，水滴沿着额头、脸颊、鼻子流下来，从腋窝里流下来，流过肚子上的青苔，向着低处流去，缓慢地流动，渐渐侵蚀一切。

脑袋里也是黑漆漆的一片。恰如入睡前，恰如向后倒下前的几秒钟，晕倒前的几秒钟，仿佛是黑色的水在浴缸一样的容器里慢慢升高，而你在其中越来越小。甚至连光在那一刻都是黑色的，它从炭黑色的星球一团团喷薄而出，在空中舒展开可笑的飘浮的薄膜，不透明的光，毁灭、驱逐，像一个个手持武器的罗马斗士落到你脸上，一个，又一个，又一个，落个不停，在脸的周围凝聚一团团轮廓压抑的云朵。

无事可为。就是这样一种状态。双目的力量已经消失，远远地消失在眼眶的后面，在精神旋涡的中心，它机械地颤动着，就像蝌蚪的心脏，为了自我保护，一种习惯性的行为。可恶的液体已经吞噬了一切。它黑若墨水，在金属碗底，我们对它只有模糊的回忆。想要发脾气。但是它比月光、比人的思想、比一切有生命的活动的东西都要强大。它吞噬了飞鸟，燃尽了昆虫，甚至是江河的游鱼。

　　如何看见？如何？用尽力气，直到绝望，为了穿越黑暗。因为也许还有一些光在地平线的另一边，在太阳消失的地方。眼睛只有借助太阳才能发光。现在它们是死去的星球，在没有光的空间里孤零零地航行，被抛弃。从未像如此这样渴求太阳。彩虹色中心巨大的圆形行星消失在锋利的边线上：尖刀竖起锋利的刀片，切割、截断、摧毁。不幸啊！蜥蜴变得极其冰凉，它们停留在一条地道的边缘，它们的爪子已经疲软无力。每天都是同样的事物，模糊的影子沿着缝隙滑行，朝各个方向伸出它的犄角，前行，从东向西，非常迅疾，比云朵、海浪、火车或者飞机还要迅疾，比雨的帷幕还要迅疾。

不，他对此并不熟悉。他有那么多逃跑的方法，在那一刻之前都是如此。他望着所有的烈火，狂热地。他寻找发光、舞动、散发热量的一切。巨大的煤油灯，它们在黑夜中燃烧的火焰比库帕斯克里斯蒂石油井的灯火还要明亮。

但是现在，这一切都熄灭了。黑色的液体在身体内部，它希望再也没有光。这种液体不喜欢人类以及他们的灯盏。

眼睛再也看不见空间。它们回到眼眶内部，它们望向脑袋的中心，血一般的颜色，乌黑的颜色，它不知生命为何物。眼睛试图看清心脏。沿着动脉不断升起的搏动发射出睡眠波。眼睛无法再吞噬。它们被吞噬了。

静止　静止　静止　静止　静止　静止　静止

在离开地球表面时，阳光把目光一起带走。它拖走一片光，慢慢地，慢慢地，与它一起离开，有弹性的气体，其中各种颤动彼此相连，向着各种纤维发散，将它们拉长，将眼睛与身体喜爱的一切都带走，带到西边低处，在河流的另一边，在森林与群山的另一边，在大海的另一边，在一切的另一边。

太阳就这么消失，带走了光与热，带走了他的目光——看见这一切的人开始恐惧。他端坐在屋子旁边，慢慢变成了一座塑像。寒冷、害怕、黑暗是真实的，世界上最最真实的真实。他在等待。他不知道要等到何时。他被冰雪覆盖。

夜将持续好几个月，就从现在开始。太阳沿着地面的坡度慢慢滑行，向着与海底相通的深渊。它最终消失在水涡狭窄的通道里，而它圆形的火光变成了冻结的旋涡。于是，再也没有思想、语言、符号，一切的一切都消失了。头颅上方的大脑被冰冻住了，手臂、腿脚、肚子却因为冰块可笑的灼热而发烧。

眼睛变得冰冷。它们凝固在泪水中，静止在眼睑中。当圆形星球消失在地平线的另一边时，目光又回到了脑袋里，像蜗牛的眼睛一样蜷缩成一团。寒冷与黑暗轻轻地抚摸它们，只有一点微弱的气息，来自天空的深处，眼睛颤抖着缩了进去。

可是，恰恰是脑袋内部才最可怕。没有光的夜已经在身体深处诞生，夜在空空的腹部的某个地方慢慢地升起，投射出波浪一样的阴影。他被吞没了，毋庸置疑。抑或，他掉进了深深的洞底，头朝下，双脚像叶子一样飘在上面。他在滑行，同时他又是静止的：如何解释这样的事？

玻璃眼看到的夜是晦涩的。他看不见。那里，还有那里，有什么？什么都没有，什么都没有。在海底，也许有被昏暗而沉重的海水囚禁的囚徒，伴随他的有几千年的时光、空间与传说。他被埋葬在黑色中，不知何为人、何为动物、何为植物。端坐在山上面的山，在凝望天空。眼睑打开了，它们再也不会滑向眼球。

他知道何为寒冷。他就这样，一个人待在十字路口的中心，一座石头房子，一座大理石堆砌的房子，黑色的大窗户。没有空气、水、火。这是石头的时代。也许他第一次有了真正的思想，简单、寒冷、无欲无望的思想。如何知晓？石头在想什么？它们的行动如此迟缓，它们的等待如此漫长。它们四五个方形的面孔面对东方，一动不动；不向前；不退后。这也是石头的话语；它们缓慢而寒冷，它们在努力，坚持了好几个世纪。四千五百年间，比如，如果石头渴望什么，右边就会出现一条裂缝。或许一点点沙子在它们底下流过，一点点灰色的尘土。或许它们的表面出现了一些奇怪的符号，一些能让孩子们识别的符号。有时是一个白色的 X。有时是一个小小的王冠一样的灰色圆圈。有时是一个汉字

或者心的符号

有时是一幅难以理解的图画，上面是一个蜷缩成一团的胚胎。有时是一枚贝壳化石，或者黑色石头上凹下去的小洞，而洞眼里有云母粉。真的呀，石头的思想就是这样。

眼睛在使劲，但它们不能看。它们看到的东西无边无际，就像是黑夜中快速前进的火车抛在后面的东西。眼睛在看，但是它们看不见。在

它们前面，河流、树木、丘陵、天空；但无所见。它们用目光穿过这一切，没有任何东西阻挡它们。目光就像是在开阔的天地间不断回响的呼喊，任何耳朵都无法衡量。苦涩的液体在身体前部打开了一扇窗，钻出来的灵魂飘散在天地间，一瞬间逃得无踪影了。

从未有过这样的孤独。曾经，他以为他能够看见。他以为自己有眼睛，以为世界是可见的。但是现在太阳已经落山了，阳光向西边滑去，将所有这些物都一起带走。可恶的阳光，把我们变成了奴隶！最好还是死去，真的，最好还是死去，沉默，没有灵魂，没有呼吸，像这片土地一样黑暗、荒芜，最好保持一样的孤独，成为尚在搏动、尚在等待的世界中唯一的生命存在。然而，这目光是多么陶醉啊！它从两只冰冷的眼睛里出来，苍白的不可见的光，钻进厚实的黑暗，从瞳孔的缝隙间钻出来，这种痛苦夹杂着巨大的愉悦，甚至连一个巨人持续三天三夜的性高潮都无法与之相比。

眼睛在寻找，寻找。它们将苍白的光投进黑夜，执着，狂热。它们就要看见了，它们知道。它们将长久地凝视黑夜，直到万物慢慢清晰，一定会是这样。目光终将可以穿过这虚假的黑暗。它将用力向前冲，飞翔，张开两只有力的翅膀。笔直向前，不改变一点方向。空间向后退，但只是徒劳，快，快，掏空它旋转的网袋，劈开它看不见的旋涡，打开、合上它所有的浪花、所有的结。脑袋的另一边是船首。目光是从火箭喷管里喷出的东西，而身体向前冲进不断后退的虚空中。

眼睛无用。它们被创造并不是为了看。当他明白这一点后，他就不再害怕阴影与虚空。眼睛是发动机，向另一个方向、向未来、向未知的国度、向这样的梦与物而去。

他离开了。他不再位于这片土地上。抑或，他还是待在原地，一动不动、寒冷彻骨，而周围的一切渐渐消失。暗淡下来的不是眼睛，而是它们，是树、水、云，它们不再摇摆金属块一样炽热的身体。太阳拔下了全世界的电源，而灯丝已经熄灭。

甚至都不可能再恐惧。白天，在刺眼的阳光下，通常会滋生恐惧。仇恨、暴力让一根根汗毛竖起。但是一切都被冻住了。再也没有可以言说的词语，言说我，我是，言说救命，言说爱、痛、死。只剩下唯一一个巨大的黑色的词，它充盈了身体与嘴巴，只剩下唯一一个真相，它同时位于眼睛的这一侧与那一侧。

目光面前的东西仿佛是脑袋里的东西。眼睛只不过是一块薄薄的玻璃窗，它分享黑夜，抑或：只照出一个影子的双面镜。再也不能创造。不能再说已经说过的话，再做已经做过的事。现在是黑夜。

就好像不应该再有什么词语，永远都不要
有。目光不说话。它将自己的波投向远方，但是
它遇不到词语的星球。它想要言说的东西那么
多。它想创造、创造，一刻不停。它的身体一动
不动，不再呼吸，因为它所有的力气都被引向远
方，去遇见事物。仓库空空如也。当一个人一无
所有时，是否可以创造某物？答案并不清晰，但
事实就是这样：言语存在于物质中。它并不存在
于脑袋内部。词语，真正的词语：

    树木   太阳
          天空
   树木
     河流

言语是用光做成的。光熄灭时，光像水一样
在西方的瓶子里流淌时，它就把自己的词语一起

带走了。从天空正中心的白色星辰里发散出的东西，就是词语。它们用自己可笑的、闪闪发光的粉末覆盖了大地，它们画出线条、节奏，它们刻下阴影。

回来！回来！眼睛、嘴巴、鼻孔、腹部的中心、双手、性器、双腿、肩膀、背。都想说话，但是喉部的运动无法发出声音。他想要发声，不管是什么声音，就像光划破黑夜。他想读出 A，读出 KR，读出 SSS。但是石头的内部紧密、厚重，这些气流无法穿透它。

渴望如此强烈，就像这样，独自一人面对一大片黑色的深水，连身体都开始颤抖，连脑袋都开始痛苦地咯咯直响。

它们就要出现了，就是现在。

轻柔的表面，光开始慢慢聚集。放大的瞳孔

在探究空间。目光已经去到遥远的地方，用光的速度一直跑到星团。几秒钟，它就穿过了整个宇宙。它寻找星云、新星、类星体。眼睑是山顶天文台打开的穹顶，巨大的透镜在那里不知疲倦地望着天空。

有一些事物。可以感觉到有。尚未看见它们，但是可以感觉到它们的存在。就像在梦里，轮廓越来越清晰，慢慢成形，无声无息地进入大脑，皮肤上的暖光，运动，布满各个角落的障碍，在真正看见之前就已经察觉到、听到的障碍。感觉到他们的目光。就像在人群中，有人在后面盯着你，一直盯着你，藏在门洞后面的眼睛，死死地盯着你的脖子、你的背，细微的颤动将你包裹；目光抚摸你，在你的脖子边冰冷地呼吸。思想的目光。它们存在着。它们就在那里。放大的瞳孔抓住了一切。它们在事物出现之前就已经了解它们。它们知道爱的故事、战争的故事、旅行的故事，当故事像荷叶蕨一样卷成一团时，它们就知道了。事件缓缓展开它们的一个个环，暂时什么都看不到，三角形的脑袋还藏在蜷缩成一团的身体里，但是就是如此：**这一切已经开始了。**

他犹豫。他还不知道即将出现的是什么。黑暗中满是奇怪的收缩运动，黑暗在蠕动、摇摆。而他就在那里，在若有若无之间，一动不动。很快，必须看，看。痛苦地睁开的眼睛已经找寻太久。它们的意志多么强烈。难道它们只是眼睛，真的只是眼睛？愚蠢的透镜，充斥着液体的海蓝色的球，晶状体，肌肉，眼泪，神经。但是黑色的液体已经改变了眼睛。它把它们打开到极限，就像是嘴巴，它让它们去吞噬一切。眼睛看到的东西就在眼睛里。看，是让他身上有生命的物质逃走，他出生时拥有的物质，你母亲体内的物质。眼睛，绷紧的子宫，生命即将从那里出来。但是不可能言说正在发生的事。就连言语本身也还在体内，它用眼睛来言说。在这座山前面什么都不存在，一切都在洞里。这就是为何会害怕。腿和手臂在颤抖，腹部在颤抖，脖子在颤抖：在那一刻有那么多的孤独、那么多的晦涩。与生命重逢的时刻，他离世界是如此遥远，离自己是如此遥远，仿佛他正在从不断收缩的腹部钻出来，首先是头，向着湿漉漉的床。被拉长的头骨，被阴道壁压迫，像一颗星星一样出现，鲜红的血和黄色的胎盘，然后潜入冰冷的天空。现在，必须呐喊，用全部的力气呐喊，因痛苦与绝望而疯狂，浑身充满了对光的恐惧。

灯在燃烧。这就是他所看见的。灯在燃烧，炫目的光，火舌敲打着视网膜。灯，火，萤，星，月，第一次，他看到了它们的光，他感觉疼痛。一动不动的眼睛无法抵挡。它们无法关上瞳孔，过滤暴力。身体中的一切都打开了，接受物的打击。但是这些灯的光不是其他东西，正是目光的愤怒，反射的目光像回旋镖一样退后。在黑色的土地上，在这黑暗的大海上，石头、树叶、树枝在漂浮，无法忍受的白光。有两个发光的太阳照耀着这些小行星，使它们闪烁。目光的光芒让地上的石头变热，熔化的石头发出光，慢慢变大，变成一个生命体。为什么目光这么痛苦？看，看，疼痛。但是在这种疼痛中，有一种极大的愉悦，因为这是第一次。

树木出现了，像是有生命的骨架，背后是明亮的河水。地板缝隙里，昆虫闪闪发光。为了看，眼睛无需移动。它们凝固在眼眶里，捕捉最最细微的光。耳朵听到光的窸窣，温热的鼻子闻到光灼烧的味道。全身的皮肤在光子的轰炸中颤抖。一刻都不停歇。好多年，身体蜷缩成一团。它靠自己生存，在皮肤做成的壳里，所有的括约肌都绷得紧紧的。分泌体液、汗液、唾沫、尿液，让大地湿润，在炽热的沙漠中间生出甘醇的小水坑。现在，此时此刻，依然是沙漠，是的，只有这片沙子，这些干旱的田地，还有这炽烈的热，剖开皮肤，让肉体活起来。目光中隐藏了这么多的力量！是它创造了沙漠，眼睛、嘴巴还有耳朵想要关闭，不想看。

太阳消失了，但是目光替代了它。它的记忆一直都在那里，在天空里，摩挲的光并未熄灭。在脑袋上方，在他永远不会知道的某个点，有笋锥螺的痕迹，从左至右螺旋状的转动引发了地球的自转。

没有法则、时间、空间。人类的诅咒有何重要？他们那些蚂蚁对抗白蚁的搏斗！一动不动，看着光出现，一道光接着一道光。它们一下子全部亮了，就像是电灯一样。热与白的细小的旋涡，它们从很久之前开始就在那里，可是他却看不见它们！它们的光无穷远。极其迅疾的光用了几个小时的时间才走了几米。因为它必须向反方向走，然后再返回，直到找到创造了它的眼睛。

他自己身上有那么多的光！他以前并不知道。他以为身体的中心是深红色的，一个贮满了黑色的血与淋巴液的洞穴，漆黑，漆黑；但其实这是一团火球。此刻，他失去了身体。逃脱了眼眶的眼睛在空中飘浮，充满力量。离土地几厘米的地方，它们在飞翔，物铺展开银色的大陆。巨大的落叶，金色的叶脉，上面的每一个细胞都在发光；黑色腐殖土炫目的斑点，它们在颤动、膨胀、起伏。流动的斑点，指甲想把它们拔除干净，青铜、白银、铂金制成的珠宝隐藏在浅井的暗处。还有刀锋，可怕的、锋利的刀锋，插入泥土里，空中的刀锋，碎片，斧头和军刀的刀锋，钉子，锯齿状的陷阱，**铂银**刮胡刀的刀锋。他在哪里？在哪里，此时此刻？视觉让人充满渴求，必须发现所有这些珠宝，喝下所有这些光。被拉紧的目光创造了形象，然后把它们吞了下去。但是创造是不可阻断的。光永远不会熄灭。眼睛永远存在。

这么多的光从哪里来？现在是深夜，但是，太阳已经消失在地平线另一边很久很久了。大地上什么都没有，只有这影子，浓黑而深邃，仿佛是腹部内的世界。于是它创造了一切。每个词，每次思想的运动，每个颤动，每个符号；永恒的亮光，地表上的缝隙让人看到岩石的火焰。耀眼的光就是欲望，它们画出神经末梢图。他看到自己的皮肤，终于，他看到它了。当眼睛睁得特别大的时候，它们就能看见自己。以前意识不会走得这么快。它需要这些缓慢的事物，比如镜子、书本、照片、磁带。但是那里，此时此刻：亮闪闪的光像音乐一样快，不停地从指间冒出来，仿若星尘。

目之光遇到的一切都发亮了。不再是形状、颜色，而是光亮。星星遍布每个地方！一个个小太阳向各个方向散发光芒，不再是为了照明或者加热，而是为了活下去。眼睛寻找过，寻找过。它们想要：光，闪烁的光。没有生命的东西消失了。只剩下这些坚硬的刀尖，平滑，没有期限，不远离。树叶、指尖、纸张、刀子、星星、瞳孔、石子，一模一样的东西：黑夜中发光的十字星，它在发光、闪烁、发光。

他努力用手去抓住它们。整个身体都向它们倾过去。眼睛看一切闪烁的东西，而身体努力向前倾斜。他渴求光，渴望光芒。喉咙下面有一个洞，它想喝水，喝更多的水。也许他只不过是一颗睁大眼睛的行星，目光向着一切燃烧的东西奔去。理智、词语、诗歌、建筑，这些是什么？他想要的是目光，除了目光，没有别的。寒冷的火焰，灼热的液体，如此狂热地从黑暗世界向着眼睛迸发，目光又从眼睛向着黑暗迸发。有时他就在那里，坐在屋子边，就像一座静止的、正在等待的高山，有时他又在那边，在无边无际的天空里，到处都是眼睛，向着正在呼喊的黑色高山奔跑而去。他了解事物。并不是可以轻易言说的事物；而是每当一个词准备好，忽然向后跳跃、趁机逃走的事物，就像虾一样。

他无可言说。没有什么故事。他在看，就这么简单。需要这没有光的黑夜，需要这液体，如此，从无限打开的眼眶里才能释放出真正的能量之泉。必须抹除所有的词语，所有可恶的词语。你们知道它们，它们就是胜利的言语为了维持自己的绝对秩序而准备好的词语。它们说 AVANT、APRÈS、ERGO、SUM、AME、EXTASE、BEAUTÉ[1]。眼瞎耳聋的词语，清醒的人在其他人沉睡、做梦时所说的词语。

火山口?! 怎么可能? 地下有这么多的火，它们在熊熊燃烧，它们想排出气体? 不如说它们是脓包，是出脓的黑皮肤上出现的疤。光刺破天空，它试图刺穿皮肤，喷射炙热的火焰。煤油灯，在地板上一动不动，装桂格燕麦的旧盒子配

1　这几个词分别表示：前，后，因此，总和，灵魂，狂喜，美。

上一根灯芯，独一无二的笔直的火焰，纹丝不动，就像是一块打磨过的石头、一枚指甲。白色的三角形耸立在黑色的空中，就像是鲨鱼的一颗牙齿。光丝分散开来，它们从中心向四周跳跃，速度如此之快，只能看到它们走过的笔直的路。从暗到明，不存在什么旅程。无内无外。缓慢的眼睛栖息在光的枝丫上，它们并不闭合。世界干枯无泪。世界静止无声。世界是可见的，他并不真的需要眼睛。

看，就是不再拥有眼睛。他打破世界在上方亮起、熄灭的幕布。既然没有太阳，没有月亮，没有黑夜，那就不可能再有眼睛。云不再隐藏光亮。光不再有什么源头。光就在那里，只是在那里，没有历史，没有延展。这一次的打开永不会终结。当灵魂离开了身体，自由自在地在事物之间漫步，它就不再想要回到以前的牢笼。所有这些亮晶晶的光芒都在吞噬意识。谁是谁？他已不在原地。他不再认识人类的世界，也不再认识鸟

儿的世界、金龟子的世界。只需跨过几厘米，离
开自我，如此，一切就能停止了。远方，不可想
象的远方就在那里，就在附近。眼睑与眼球的城
墙太厚太厚。他戳它。他把它戳破了。弄破自己
眼睛的人在眼睛的另一边，而且他们看到了完好
的事物。

这些散落的碎片与智慧再无关系。冷之冷，
热之热，光之光，如此，每一个都是孤独的。自
由的，摆脱了法则与条理。没有历史的历史，无
始无终，没有理由，没有解释。他认识这虚无。
所有的事物都在说话，终于，每一个都用自己的
语言说话，而他听懂了。物不问什么问题，它们
也不回答问题。它们只是说。

"灯"
"叶"
"石"
"河"

"脸"

"纸"

"树"

它们说着这些，不知疲倦，它们说自己之所是，无法怀疑。这些独特的词语从张开的眼睛里进来，它们什么都不做，什么都不要，它们是不可分割之物。

灯是一堆堆火，火苗向你扑去，向你的眼睛扑去，要舔舐它们。每一个物内部都有如此巨大的力量，光就像是一枚炸弹，爆炸将持续好多年好多年。许久之前开始，眼睛一直想看。从生命的第一日开始，当它们忽然一下子睁开，面对破碎的阳光，当它们必须在一秒钟之内学会收缩，它们一直都想看，看。它们已经厌倦了这些模糊的影子，这些波浪，这些水汽。它们想要找到暗淡之物内部的东西，在石头上、草地上一直不灭的这团火，在树顶上燃烧的圣艾尔摩之火[1]。看，并不是计算，并不是躲在杀人犯的后面。看，并不是盯着雷达屏幕发现轰炸机和战斗机的影子。看，并不是透过潜望镜、太阳镜或者后视镜看。

整个身体都在渴望形象、光、真实。整个身体都想透过皮肤上的毛孔啜饮，冲向色彩，用极快的速度潜入土地，同时呼喊。此时，发生的就是这一切。向前，向前！没有什么可以保护。也许眼睛马上就要被毁掉了。也许意识马上就要被光之刺刺穿了：草木、刀具与面庞尖尖的棱角，树木的爪子，星星竖起的针，一切都向空中掷去，就像是手榴弹爆炸发出的光，与眼睛相遇了！它们就是真相，唯一的真相，他不敢面对的真相，在加速。他要失明了，此刻，他知晓

1　圣艾尔摩之火是一种常被海员观测到的自然现象：雷雨天气时，在桅杆等物体顶端会产生蓝白色闪光。过去，人们认为这是曾做过水手的圣人圣艾尔摩显灵，其实是一种冷光冠状放电现象。

了这一切。再过一会儿，等视网膜被所有这些炸弹灼伤、毁灭，就会化作粉末飘落。安全窗将碎成碎片，物将进入身体内部，它们将居住在脑袋内。再也不能说有什么内外之分，就像以前经常说的那样。再也不能假装成自己，不能假装孤独。再也不知道世界在何处终结，灵魂在何处开始。

就这样，喝水的人被水吞噬了，水淹没了他的家园，将他困住。就这样，蜥蜴被苍蝇吃掉了，而光也燃尽了。

如何抵抗？头脑中的空白需要图像，它从未满足。从煤油灯中不断跑出来的东西是一种源源不断的粮食，进入血管中，流到身体各个地方，从肚脐进去，整个肚子都鼓起来。认知的空白无边无尽。孤独……液体冲破了界线，他被淹没了。无用的词语，愚蠢的词语：是它们，是眼睑。它们想要他蜷缩在梦里睡觉，它们不希望他自由。它们了解张开的眼睛中各种各样的危险。以前，眼睛害怕，它们什么都不想看。它们一旦看到坚硬的光芒，一缕阳光，一颗钻石，一片水洼，就会因为美而感到眩晕，它们立刻变得非常非常小，细细的两条缝，周围都是皱纹，紧闭的小孔，什么都钻不进去。无限，可怕的无限在吞噬人类。它将人类清洗得干干净净，然后带他们向死亡走去。飞蛾纷纷向着所有的火苗扑过去，蝙蝠在灯塔附近盘旋。光、美、生命，不可承受的真相，目光仅仅持续了一秒钟，扩张到无限大，一秒钟，一年，不管永恒的时间划分成怎样的单位，然后它被燃尽了。该死的视网膜太脆弱了，根本无法抵挡光！黑夜中，眼睛睁得太大了。眼珠是两个巨大的圆，像是天空中的两个半球，里面装着星星。更远处呢，更远处是什么？宇宙中没有什么比它更庞大的东西了，眼睛无穷大，一切诞生、活着、死去的东西都包含在这两口布满星星的黑井里。他望着这两个无穷大的瞳孔，像夜一样黑，他看到的东西颤动了许久许久。

北天

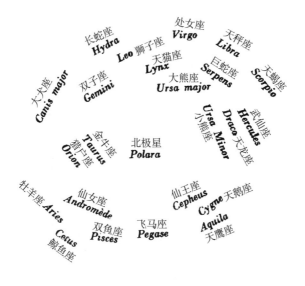

长蛇座 *Hydra*
处女座 *Virgo*
天秤座 *Libra*
天蝎座 *Scorpio*
Leo 狮子座
天猫座 *Lynx*
巨蛇座 *Serpens*
大犬座 *Canis major*
双子座 *Gemini*
大熊座 *Ursa major*
武仙座 *Hercules*
Ursa Minor 小熊座
Draco 天龙座
金牛座 *Taurus*
猎户座 *Orion*
北极星 *Polara*
牡羊座 *Aries*
仙女座 *Andromède*
仙王座 *Cepheus*
Cygne 天鹅座
Aquila 天鹰座
双鱼座 *Pisces*
飞马座 *Pegase*
Cetus 鲸鱼座

南天

处女座
Virgo

乌鸦座
Corvus

巨爵座
Crater

Libra 天秤座

长蛇座
Hydra

Scorpio 天蝎座

人马座
Centaure

狼人座
Lupus

Canis minor 小犬座

Canis major 大犬座 麒麟座 *Monoceros*

✚
La croix du Sud 南十字星

射手座
Sagittaire

天燕座
Apus

Vela
船帆座
Carina 船底座

天兔座
Lepus

魔羯座
Capricorne

孔雀座
Pavo

水蛇座
Hydrus

猎户座
Orion

金牛座
Taurus

Phœnix
凤凰座

波江座
Eridanus

水瓶座
Aquarius

Cetus 鲸鱼座

他所了解的唯一的无限就是他的眼睛。瞳孔放大了，它们吞没了虹膜的蓝色部分、巩膜的白色部分，然后是脸，之后，它们依然不断扩大，吞没了整个空间，它们变得和海洋、天空、黑夜一样没有边际。它们变得如此之大，现在他位于瞳孔之中，是的，现在他在自己的瞳孔里面。有一天，意识不再是某一个单独的人在其他人中间的冒险，而是将目光弥散于整个空间的爆炸，是将语言认知击得粉碎，将关于它的名字的闪光碎片极速抛入虚空的爆炸。

这，这就是眼睛的力量，空无可以将其释放。一种化学反应，从植物的汁液开始，然后双眼睁开了。刺目的光从缝隙钻进去，一点点注入其中，流淌。脸上的双眼是时时刻刻准备爆炸的炸弹，但是他以前并不知道。所有的眼睛：蛇的眼睛，狗的眼睛，男人和女人的眼睛，鱼的眼睛。它们并不是窗，并不是，也不是摄影机。它们是嘴巴，是吸盘，是火山口，是阴道，是大

脑。它们是星星。它们自给自足,它们照亮世界
和光,而它们的目光,又回到它们本身,在黑暗
中照亮了可笑的绿镜子。

他不能忘记这一切。他所看见的,这一切,
在黑夜中泛着星球的光,看起来坚硬又明亮,永
远不会消失。世间还有另一种生命,不是他曾经
想象的生命,小心翼翼地向前跳跃;而是紧张
的、静止的生命,泛着不可折断的光芒,就像是
空中繁星没有睫毛的目光。

人类的眼睛在哪里?苍白的眼睛,深陷于
灰色的眼眶中,为了观看而成对地眨动,它们在
哪里?他不再用自己的眼睛看,不再用任何人的
眼睛看。他直接用大脑看,直接从世界向着身体
的中心看去。光滑、冰冷、尖锐的物散落在身体
内部沉寂、开阔的平原上,黑色天空下,被照亮
的一座座火山高原在风中颤动。它们全部都在那
里,各有各的姿态,没有什么可以改变它们。目

光深处，只有这些石头，

锂辉石

玛瑙　　　　　　　金红石　　　　　　　　　硬锰矿石

刚玉

方铅矿石　　　　　方解石

黑曜岩

绿玉髓

燧石

锆石　　金绿宝石

碧玉　　　　　　　　　　　辰砂　　　红榴石

肉红玉髓

玄武岩

蛇纹石　　硅钙铀矿

石英石　　　　石英石　　　　石英石　　　　石英石

石英石　　　　石英石　　　　石英石　　　　石英石

　　边缘锋利的三角形创造了光。一直以来他在寻找的就是它们，就在大地上，但是看不见它

们。它们在眼睛的另一边，在脑袋内部，而目光在后退时将它们揭露。如何继续思考，继续做自己？大地上出现了另一种恐惧。张开的瞳孔任由另一种理智进入它，一种他不曾了解的颤动。与生、死、爱、饥再无关系，与这些混乱的物再无关系，它们从手与口的动作、皮肤的寒颤、肚子或性器的梦、枕骨的睡眠中诞生。在热闹的大城市里，道路已经冻结，高楼像高山一样矗立，汽车在行驶但无法前行。人类的话语、孩子的哭喊、发动机的鸣声、喇叭声、烟雾，所有这一切都结晶了，就像海滩上的盐一样闪闪发光。现在，他可以看到它了，他用尽全身的力气看它。他自己难道不就是一座山吗？

他就要知晓这一切了。他从未如此靠近关于某种东西的认知。当他将要接触真相时，他就放慢速度，他变得寒冷，解理[1]开始了。很快，有

---

[1] 结晶矿物受力后，由其自身结构的原因造成晶体沿一定结晶方向裂开成光滑平面的性质称为解理。

了一枚小石子，只有一枚。晶状体透明，它们像
棱镜一般分解光。他看着：他什么都看不到，因
为没有什么可看的，只有什么存在着。巨大的，
布满岩石的巨大海滩，堆满残渣的高原，布满尖
利的石头的沙漠，长菱形的黑白石块在沙漠里反
射光，像陨星一样的金属石块。

　　此处，是夜的中心，曾经必须抵达的中心。
黑暗中最最黑暗的地方，远离太阳刺目的安全。
一旦越过这种害怕，却是如此多的宁静。如此多
的安全、时间。就像他从未出生。长夜漫漫，永
不会终结。它从未开始，从未延续，也永不会结
束。他已经进入了黑色的瞳孔，就像是穿过一扇
门，此时，他已经到了另一边，他不会从那里再
回来。他抵达了眼睛、眼睑与脸都不再存在的世
界。他被劫持了，在这片狭窄的土地上，所有这
些眼睛统治着这里，我是说，人口超过一千万的
城市，旋转的灯塔，愤怒地笔直向前冲的汽车所
在的马路，桥，高楼，女人和孩子、卡车和吊车

的照片，这一切曾毫无怜悯、一刻不停地**看着**看着**看着**，此时也在看**在看**，这一切毫无理由，执着地**创造、摧毁、创造、摧毁**，他已经出发了，是的，他已经离开了那个国度，现在，他身处一个只有生命的地方，光的力量从石子中发散出来。他穿过了终于打开的双眼之门，他现在身处唯一真实的国度，那里，目光不会脱离身体，而是带着你与它一起旅行，他就在目光里，就像在光线里，稍稍动一下就从空间的这一边到了那一边。也许他再也不会从这个国度回来了，因为现在他已经认识它了。眼睛再也不会闭上，他将永远待在所见之物的那一边，而不再仅仅待在观看者的这一边。也许……

现在他已经了解黑夜了，很了解。他已经进入黑夜中，通过双眼之路，他从外部滑向了内部，就像这样，悄无声息地，游了过去。他张开眼睛和身体，进去了。他一动不动，却同时向各个方向走去，他看到了一切的景象：银色的龙卷风，长满许许多多镜叶的树木，星星，昏暗的星云，银河，爆炸的新星。他变得如此之大，每一次呼吸，是整个空间装满了空气，每一次心脏的跳动，是潮水一样的鲜血流淌到无穷之地，鲜血漫过天穹，冲破周围的泡泡。观看，就是位于自我的最深处，同时又位于宇宙的各个角落。如何解释呢？几乎不可能解释，太美了，太开阔了。要解释清楚，必须画出一个圆，这个圆就是他自己的中心。

但他认识的其实并不是黑夜。黑夜，白天，究竟是什么？动物变得冰冷，但是它们依然在动，它们的眼睛在黑暗中闪烁。豹猫踮着脚尖轻轻地向前走，拨开森林的树丛，那里藏着它们的猎物。被毒死的花朵绽放了，在黑暗中散发出致死的芬芳。不，他了解的是别的什么。出生后第一次，他浸入秘密的湖泊里，湖水宁静，它承载你、哺育你。他再也感受不到什么了。意识已经消失。意识被吞噬，漂到了地平线的另一边，像是一颗旋转着、燃烧着的星星，它让人失去光明、形影单只。现在，他长着鹰或者草鸮的眼睛，可以一眨不眨地看着大地。

一切都是金子做成的。金块就在大地表面，岩盐结晶体在发光、燃烧。冰冻的火苗里一动不动的旋涡，黑色的井，五官端正、肌肤光滑的脸，永恒的金子和绿宝石做的面具；他看见它们了，生平第一次。事物再也不存在这边与那边的区分。只有唯一的一边，再也没有什么可以被藏起来。活着的树，活着的河，死去又活着的石头和叶子。正面与反面都可以看到城市。看到使之出生、衰老与消逝的东西。所有的诡计都在事物本身，它们不需要任何人。他应当抵达的地方就是这里：他并不在别处出生，正是在这个国度。身体内部有骨骼，以及一些器官。也许，这就是他看到的：身体和骨骼。

视域更开阔了。瞳孔张开直到虹膜的边缘，直到巩膜。卷起的眼睑因目光穿过而燃烧。这是一团肆虐一切、捕捉阴影、驱散浓雾的火。裸露的土地出现了，像是弯曲的黑色海洋，石头与刀锋的火苗在那里熊熊燃烧。

他一无所知，一无所知，真的一无所知。没有经验。没有出生，没有习惯。无知比意识更加强大，它像切开水果一样切开脸，而他看到在脑壳内部、在骨肉间这一整个肉冻以及所有这些种子：世界。马上用词语言说这一切！嘴巴发出可恶的声音，虚假目光的冲动想创造已经存在的东西！不，他宁可一声不吭，紧闭双唇和喉咙，然后等待。

一切活着的东西都被书写。到处都可以看见符号。在巨大的黑板上看到之字形的火、裂缝、伤痕、爪印、标记。后面，熔化的火山熔岩张开火红的嘴巴。眼睛从未见过如此多的符号。细细的斜缝过滤宇宙，只让灰尘通过。光穿过了天空，铅浇铸的轮子把自己的轮毂插入宇宙的中心，彗星用自己的尾巴扫过虚空，红色的星星像心脏一样不断膨胀、收缩，而他什么都看不到。他以前在人类的监狱里。而现在，它们就在那里，所有的符号就在那里：

　　眼镜蛇的颈部有蛇的图案

　　每一片树叶上有一棵树

　　每一颗石子上有树的图案、蛇的图案、贝壳的图案

　　肌肤上，细细的十字形皱纹

　　猫头鹰的符号，类似于 H

　　羚羊的符号，有两张脸

　　食蚁兽的符号，有两条尾巴

　　岩石上有水的纹路

　　沙滩上有风的痕迹

　　他看到所有这些痕迹，他在同一时刻理解了这一切，从出生到死亡，他再也不需要学习什

么。这黑夜将持续下去。不会醒来，也不会有晨曦。他身处最最遥远的地方。在双眼之镜的另一边，在自由的天地间。他如此庞大，再也不需要行走。他想到哪里就到哪里，想的那一刻已经到了。他看着河流，他便在河流上了。他看着天空，他便在天空中了。目光是一个圆，它可以看到各个角落。是眼睛张大了，是眼睛包裹了身体。在水晶球里面，慢慢地流向大海。失去光明时才真正开始观看。

这一切持续了这么久。大地变得冰冷而安静，没有暴风雨，没有饥饿，没有痛苦。光一点点出现，一缕缕光从阴影中发散出来，安静。星球上一半的地方，什么都没发生。没有仇恨的生命是可能的，简简单单，只有这数不清的图案。无需再逃跑、再藏进洞里、再戴着墨镜保护眼睛。就好像没有了年龄、没有了名字，穿着黑色皮外套、拿着木棍、带着猎犬的警察再也无法找到你。

夜抹去了意识。它掩埋了角落与陷阱。在半明半暗的平原上，光之泉在缓缓地流淌。他如此渴望这泉水，他要喝这泉水，将他坏掉的血管接上这清澈的泉水。他是一个人吗？不，不可能。圆形的目光在空中辐射到各个地方：他用他人的眼睛观看。他在他们的思想里，在他们的欲望里，在他们的语言里。世界上所有活着的动物只有唯一一只眼睛，唯一一只没有眼睑、永不睡去的眼睛。眼睛不会熄灭。它在每一刻、每一个地方观看，夜空中前进的盲点。他看见了所有的世界。它什么都不选择。它打开，观看，用三十万米高的火焰。这就是为什么大地是黑色的，其实所有的颜色都可能。没有主体，没有主人。眼睛，真正是黑夜的眼睛，巨大、寒冷，环形的大花园，喷泉与树木在那里出现，我们走进它的里面，我们在它的中心，在高压的房间里，那里制造着目光的能量。

然后，是一声含糊的叫喊，怒吼的太阳从森林上方升起，从东边升起，一直升到充斥着鼓声的白色天空的中央，恰如睁开的眼睛。

向冰山而去

Vers les icebergs

亨利·米肖的诗歌让人震惊的地方在于它的力量，这力量与静寂相连。也许，在我们西方世界（很容易发现他与东方世界有许多相似之处，尤其是俳句的简洁之道），没有任何其他一位诗人懂得以如此少的词语言说如此多的东西。

这种话语的力量在于它是行动的，因为它不是阐释，不是序言，而是一种即时的创作，就像是打手势或者跳舞。我们会被他所言所示中的紧迫感吸引：隐藏之物，有时是神圣之物，在此之前我们并不懂如何发现它们，而它们一直都停留在意识的深处；我们一直都保存着这些事物，但是并不自知，就像是在枕骨的后面，隐约感受到疼痛。是新的事物，闻所未闻，对于我们的目光而言它们过于迅疾，对于我们的感官而言它们过于遥远；是接近无限的事物，在声音、颜色、味道与温度的边缘。因为有时，这些事物人类无法触及，只有蝙蝠、蜻蜓能感受它们：恰如《我曾是谁》的复现，《过往》中神奇的记述。

米肖善于捕捉这些事物，然后借助某些音节的颤动把它们表现出来。必须注意到他动物式的感觉，这种自然的魔法，有时他也会把这种感觉赋予我们，当他想这么做的时候。

鹰的目光，郊狼的耳朵，蛇的皮肤，大角鲨的敏捷，苍蝇在空中的速度，或者章鱼的迟缓。所有这些生动的秘密都存在于他的话语中，因为他的话语诞生于一种节奏、一种动作，而不是诞生于一种逻辑思维。我们很难感知一切、理解一切。信息在闪烁，意象在绽放，词语划破天空，喷薄而出；抑或相反，漫长而沉重的运动到来，扼住我们，将我们与它们冻结成一团；《慢》中的害怕、焦灼,《大加拉巴涅之行》中黄昏的梦。然而,这一切终结时,我们感受到了可怕的静寂。我们必须用好几天的时间走到其中某一条路的尽头。或许,我们必须倾注整个生命,才有勇气见一见那未知之地的海域,诗人已经在那里找到了自己的栖身之处。

《伊尼基》和《冰山》,这两首独特的法语诗(相隔二十年)是法语文学中最最美丽、最最纯粹、最最真实的诗歌。当诗歌是这种力量、这种本能、这种与宇宙生命的元素相联系的动作,雕琢的风格、卖弄的技巧、隐藏的意义又有何重要呢?我渴望读亨利·米肖的诗,就像在旅行。就像在旅行中偶然遇到铁轨、道路、海浪,有时反向而行,抑或向着未来而去,去发现我从未梦见的地方。这就是诗歌的属性,让人感觉身处一个地方,站在一片土地上。米肖的话语使我们远离我们的世界,把我们带向冒险,给予我们另一个世界。阅读就是旅行,因为我们忘记了自己是谁,我们听到了一种新的语言。

谁不曾渴望过，某一天能钻入一个意象里，从此在那里生活？

只需要聆听亨利·米肖的诗歌就够了。

1978 年 6 月 15 日

向冰山而去

我们游荡，游荡，迷失在昏暗的、没有词语的旷野，不知走向哪里，没有一缕光指引，远离尘世，谁会来这里寻找我们？我们听不到。我们看不清，就像是穿过重重迷雾，这样的地方，不再是陆地，也还不是海洋。我们感觉不到。我们无拘无束地滑行，但是我们与生命的诞生决然相隔，我们看不到太阳升起的地方。

有些词穿过了昏暗的大地。就像是鸟儿一样，迅速，沿着它们难以理解的道路。但是我们无法追随它们。它们向北方而去，向着空气纯净、视野广阔的地域而去。

已经很久很久了，我们无拘无束地滑行。也许我们已经没有了脸，也没有了手。抑或，我们已经睡着了，困乏者的沉眠，因为我们不想再继续等待。

有什么东西就要出现了。一定是这样。不可能不出现。睡觉时，预言者在做梦，忽然，从一道云缝里，他们看到了奇妙的光，迷雾之外的绝美。桅杆上方，瞭望员在观察。悬崖上，观察员一直都在观察天空与大海，他们的目光坚硬，想要在苍穹深处钻出一个细小的洞。

空气如石头，水如石头。

精神如石头，被严寒吞噬，被迷雾笼罩，而词语就像流星一般陌生。我们现在去哪里？还没有人知道。我们彼此相望，伸出双手，触摸我们的身体，当我们偶然相遇时。我们在这艘正行驶在大海上、有舷窗的巨轮上。我们听到涡轮的颤动声、连杆的晃动声、滑轮的摩擦声、大海一浪又一浪地拍打艏柱和礁石的声音。我们听到心跳的声音。

"我们去哪里？"

但是，主要是大海的声音不绝于耳，日日
夜夜。一刻都不离开我们。一种熟悉而遥远的声
音，充斥了大街小巷、公园、空地，比机器声和
人声更加响亮；一阵阵传来，浪花撞击的声音，
冲击海岸的声音，减弱的水流持续的低吟声，水
流声与风声。因为我们已经踏上了旅途。我们
知道自己正在航行，此时此刻，就在辽阔的大
海上。

灰色沥青铸成的平原无边无际，远远地看到
高楼的白色轮廓渐渐远去。我们已经启程了，也
许返程的希望渺茫。啊，如果这是最后一次出
发，传动杆和齿轮也许再也不会停下来，风再也
不会停止嘶鸣，鸟儿再也不会停止歌唱，在灰色
的海洋深处会有像鱼雷一样的鱼儿跟上来！

最后的房屋依然在挽留我们，连同它们的墙壁、院子。电线缠绕我们，电缆，钢丝绳，必须用斧子把它们砍断才能逃出来。我们出发了！我们现在位于宽阔的平台上，已经远去了，在无边无际的大海上！前行，越过边界。也许此时运动就在我们的身体内部，一种缓慢、宁静又强烈的运动，呼气声，而我们就在从这嘴里送出的风里前行。

言语，一种我们无法再行动的美，而我们自己变成了动词、名词。已经开始在诗歌里讲话的人现在打开了广阔的海洋，在苍穹下，描绘地平线的弧度，而我们出发，前行，越过它的领域。

有时是白天，有时是黑夜，我们继续在它创造的道路上前行，它的话语像风一样，因生命的能量而颤动，载我们前行，它的目光如阳光一样照亮我们。

哪怕词语消失了，我们也无法忘记它们。它们一直都在空中回响，与大海的声音混在一起。我们再也没有别的记忆。

我们现在在一片沥青空地上，下午两点，就在太阳底下，不远处就是充斥着汽车轰鸣声的马路。加油站的屋顶非常白，风卷起细小的尘土。感受到热浪的气息。一个个侧影默默地在路面上飘移，就像是影子。这里，没有谁说话，谁都不说。只有远处汽车的移动，影子，尘云，玻璃和钢反射的光。

我们在那里，但是诗歌的声音继续把我们推向大海，几千公里之外，在高高的乘风破浪的艏柱后面。是整座城市在移动，在静寂的平台上，城市在大海上前行，连同它的高楼、塔楼、花园，它在颤抖、摇摆、在天空下前行。是诗歌的声音带我们向前，就像这样，毫不费力，把我们带向大地的其他地方，带向北方。

谁不知道呢？他们走向栏杆，上面刻着水准标尺的刻度，他们爬上楼顶，他们倚靠着阳台；

他们寻找地下室，那里也许藏着机器，接着他们又向郊区出发，一群群神色焦虑、渴望占领空间的男男女女。海鸟沿着海岸一边叫一边飞。有时刮起风，吹开了迷雾，海浪冲击岩石。

　　如果没有与我们说话的那个声音，我们早就搁浅了。我们也许只能待在原地，什么都看不到，只看得到石头和沙子铺成的干燥的空地，几个水洼，几处泉水，还有弥漫着雾气的低矮的天空。我们也许看不到大海。也许只能沦为我们狭小的房间的囚徒，被囚禁，形单影只，我们也许再也看不到天空、鸟儿，我们也许不再去向北方，去向等待着我们的安静而寒冷的国度。

　　这旅行是如何开始的呢？声音并不言说很多事，这是一个沉默寡言的人的声音。是一个遥远的声音，它不想言说太多。它用陌生的词语言说，寒冷而纯粹的词语，只响一次的词语，像星星一样只发一次光的词语。

　　但是它们很强大。它们发出的光独一无二，

就像是眼睛的光，而这种光照亮了天空。强大的词语推我们向前，把我们从定居的河岸带走，它使我们的身体颤动、使我们的心脏跳得更快。词语使我们身体内的某种东西旋转，正是因为如此，我们才上路了。这是一种激发我们的声音，一种辟开海上之路的声音，它引导我们，帮助我们，就像这样，用它的每一个词语。声音慢慢地在说话，一刻不停。词语出现了，它们被书写在白色的纸页上。它们出现在正面、反面，它们在发光，它们消失不见，尘云落在它们上面。但是我们总能找到它们，就在它们所在的地方，就像是构成苍穹的每一个点。

这些是词语吗？我再也不知道词语是什么，意象是什么，思想又是什么。不，这些是物，它们在发光，以它们全部的力量施加压力，安静而美丽的物，到处可见的物，没有秘密的符号，明亮的绘画，舞动的身体，叫喊，鸬鹚的缓慢飞翔，冰水里疾退的角鲨，远处的雪峰，山谷，桥梁，海船的航迹，喷气式飞机的痕迹，沙子上的脚印。说话的那个声音说出的词就是这样的词，还有其他的物。

穿过城市的街道，我们前行，一直都在寻找各种痕迹。我们想找到它们，带我们走出高墙、离开陆地、走向大海高处的那些痕迹。有时候，我们以为找到它们了，在城市的某个地方。我们看到冰箱的白色，好大，好大。这是因为我们离得不远了。或者卡车的蓝色，冰蓝，没有边界的蓝。一列火车在轨道上非常缓慢地行驶，你认出了把你带向远处、大海深处和北极的运动。我们看到公交车方正的车头，挡风玻璃上是惨白的反射光，高得像峭壁，沿着人行道自由前行。夜晚，路灯发出星星一样的光，光线像雾凇一样散开。夜晚，我们了解黑色影子的宁静。白天，我们听到电梯发出风一样的声音，街道上的汽车发出海一样的声音。我们在高速公路下面看到冰碛、浮冰、裂缝。在大拐弯处，汽车缓慢地前行，消失在寂静里。是的，我们看到了这一切，我们知道已经不远了。

一刻不停，在每一个地方，我们都仔细观察、细致寻找：的确我们在移动。声音没有抛弃我们。它邀请我们去它的国度，永远的北国，真正的北国，天空不会消失的国度，夜晚不会退去的国度，在那里，人类不再是主人，鸟、鱼才是。它想把我们带到那里去，它向我们言说的就是那个地方。声音随着风来到我们身边，穿过了那么多大海、岛屿、云朵，它凌空一跃，一下子到了城市，大地上空一道弧线，我们所能见到的最纯粹的光。

我们发现了预示我们正在靠近的符号。它们一个接一个出现，崭新的天空里奇怪的符号。是平流层里轻盈而静止的云，是地平线上的光晕，抑或是海面上铺展开的一大片结冰的绿。诗歌的话语很久之前开始就居住在我们身上。就好像它曾经被言说过，就在生命最初的一刻，就好像在母亲的肚子里时，沉浸在羊水中时，就已经开始对我们言说。而我们已经听到了那些词语，它轻轻地摇动我们，摇动我们。它们说一些我们不知道的遥远的东西，预示着阳光、大海、生命。黑夜中的东西已经知晓阳光是什么。内在的、深处的东西已经知晓自由的呼唤。声音讲述的就是这些，用其他的词语，用其他的声音，这一切在身体里慢慢长大，变成了手、指甲、五脏六腑。

这是诗歌，这是言语，两种表达都一样。它一直都在那里，它没有离开我们，哪怕有时我们将它遗忘。我们离开，回来，忙于自己的事。但是现在，遥远的记忆又苏醒了。我们聆听词语。于是，我们发现了将我们带走、带我们穿越大海的机器的颤动声。我们一起在这样一个圆形的木筏上离开，无拘无束。我们就这样离开了，就像我们什么都不了解，就像我们再也没有什么过往。我们去哪里？

教授在路上拦下打字员：

"您去哪里？"

渔夫去卖报纸的人那里：

"请您告诉我，像这样子，我们是要去哪里？"

年轻的女子戴着蓝色玻璃镜片的眼镜：

"先生，请问您去哪里？"

这是大家一直都在问的问题。

行人的眼睛经常盯着钟面，仿佛他们想知道现在是几点。但他们找寻的不是时间，他们想找北方。

真是漫长的旅行，一直通向北极的夜。持续好多年了。每个人都去那里，每个物都去那里。不知不觉就出发了。就在那里，在失去方向的城市的某一个地方，忽然，就到了外海，置身于大海上，向着北极而去。无论哪一座高耸、坚固的白色楼房，都忽然离开了原来的地基，现在，正使劲在大海上航行。广场和花园慢慢散开，就像是向四处漂浮、在旋涡中打转的木筏，而海浪就在它们薄薄的木板下面翻滚。隧道和地下通道一直发出哄哄声，水猛烈地涌入其中。高高的塔楼穿过云层，空中海鸥在飞翔。风在吹。

是声音把我们带到这么遥远的地方？可是它所创造的词语很久很久以前就一直在那里了。就在阳光中，空气里，大海上。

听着声音，我们第一次对它的旅行产生了好奇。于是，我们离开，出发，熟悉的黑色海岸线慢慢远去。整个大地漂浮在一片茫茫大海上。

让人焦虑，这声音，这诗歌，但是，这也是最最美丽、独一无二的冒险。如果有人对你谈论逝去的时间、天气、死亡、永恒，别听，这些都是无聊而让人昏沉的谎言。然而，此时此刻，街道上，汽车里，或者电梯里，假如你忽然听到这个声音，永远都是同样的词语，永远都在讲述同样的事……如果这个声音对你谈论北极，只是谈论北极，那个遥远的北方，就在那里，你转动身体，朝向北方，你的目光穿过漫长的距离，你听到北极冰雪的嘎吱声，听到大海上的风声，你感觉到彻骨的寒冷，你看到尖锐的阳光，你一碰到这水，鸡皮疙瘩就起来，这水在你四周漫开，从高处流向大地低处。正是如此，我们现在是向着北极而去。

这样荒芜而辽阔的大地，如此美丽，这自由的大地。正是在那里，言语诞生了，很简单，就像是天空中的某个自然现象。它打开了，包裹了大地，我们感觉到它像寒冷的波浪一样经过。很难不失去它。永远都不要远离声音，打开窗户，这样才能听得更清楚。声音从海上传来，越过墙壁和屋顶。我们渴望的是自由的国度、自由的大海、不断冲击旧大陆架的海浪、像电线一样明晰而准确的地平线，还有无边无际的空间！在原地待够了！房屋、道路、围墙，看够了。在那里，不会再有墙壁，不会再有屏障。孤独那么庞大，可以覆盖整个大海，可以把它放在翅膀下，在冰冷的空气中飞翔。

黑夜中已经出现了一些固定的点。是什么？是引领灵魂的光。我们看到它们在黑暗的大地尽头闪烁，在黑夜中一动不动。它们像灯一样发着光，我们看着它们，眼睛一眨不眨。星星在地平线上亮起。我们正是走向它们。我们熟悉它们。它们总是在它们的位置，为我们指明接下去的路。言语正是从它们而生，生命的话语正是从它们而来。在那片群星的尽头，有一颗星星若隐若现。它已经没有其他星星那么闪亮、那么美丽，但是它像太阳一样占据着统治地位。它有着我们喜欢的名字，也许是言语中最最重要的名字。现在，就像这样，从它身上，从这个名字，出现了一切的思想：

北极星

黑夜里，我看着它，我只看得到它。

它发出冰冷的光，接着，它移开一栋栋方方正正的房屋，清除一个个障碍，打开门窗，让一切都变得整洁干净。它独自照耀着大西洋。四处漂移的高楼已经远远地落在后面了。我们直到哪里？但是从星星发出的话语不能被遗忘。只有它的话语，它在雾凇一样的目光里闪耀。

我们慢慢地站起来，追随尖锐的光，我们被带走、被分开、被丢下。我们想一直都听到这个声音，因为它让我们自足，就像是仰面躺着看天空的人。并未察觉，我们就抵达了它的国度，北极之地。

我们停了下来，在黑色汽车中间的空地上一动不动。身体已经被黑夜冻僵。我们慢慢地呼吸，非常非常缓慢。我们不发出一点声音。风起来的地方，词语形成的地方，寂静是如此巨大。我是谁？我是否还活着？也许，我现在可能是在某个人的脑袋里，就像在他的梦里，随着他的词语、他的波浪随处漂浮。我看到了天空，我看到了大海。但这是思想的天空，这是思想深处的大海。

不，这些不属于我。言语从别处而来。在空间的中心，我还看到原初最闪亮的一个点，我知道声音就是从那里来。言语不属于任何人，它是自由、空间的主宰。

　　这里再也没有人的踪迹。再也没有房子、高墙。我们就在这里，我们终于到了。我们站在大地的最高处，在星星的下面。我们再也不寻找什么，再也不渴望什么。我们就在那里，只是在那里，完全在那里，在空气中，我们多么轻盈！我们没有了厚度，我们不再是不透明的。冰冷的、不闪烁的光穿过你，风穿过，就像穿过一扇打开的窗户。

　　也许我们现在就像一架黄颜色的水上飞机，在北极的海面上低飞，贴着海浪飞了好久好久。大海是金属的颜色，无边无际的大海，没有暗礁，没有艄柱。身后遥远的地方，在时间的另一端，是灰色的平台，那里矗立着桅杆、转塔、冒烟的烟囱。身后遥远的地方，是战争、人群的叫声、呛人的烟雾、机器、油污和灰尘的气味、倒影、反光、红色的信号。热。

而我们，我们飞快地前进，在海浪之上，与它在海面上奔跑的十字形的影子一起。没有云的天空中央闪耀着一颗永恒的星星，弯曲的地平线不会靠近。我们就这样飞翔，笔直向前飞，飞了这么久，甚至都不知道现在是几时几刻、何年何月。发动机的声音在海面上回响，螺旋桨划出的透明的圈圈吞没了冰冷的空气。我们飞翔在世界的顶峰，被声音带着向前，它说出的词语无穷无尽。我们被悬置在空中，就像这样，在水和大海这两个完整的球体中间。我们穿过巨大的圆圈去寻找北极之星发出的光所在的那个中心点。罗盘和无线电定向仪疯了似的乱转，但是这并不要紧，我们自己也像疯了一样，奇怪而宁静的声音带我们在世界的顶峰一起飞、一起舞。再也没有什么陆地，再也没有一座岛屿，再也没有一座暗礁。我们缓缓地绕着机翼飞，悬在大海上。我们置身于无人呼吸的冰冷的空气中，置身于无人看到的地平线前，置身于无人居住的大海上。我们将走到哪里？走到何时？直到眩晕，直到空白被填满，直到自由自在，直到失去记忆，失去思想。我们不飞向任何地方，整个大海都属于我们，我们所到之处都是中心。再也不受恐惧与欲望的折磨，就这样，在空中飞；摆脱了身体的重量，摆脱了牢笼的束缚，比鸟儿更快，比角鲨更快。这个声音永远不会抛弃我们。也许有一天，它会离开，傲慢地，就像它到来时一样，但是它的话语将被写下。声音出现、消失，由它自己决定。但是我们现在知道，存在这样一片大海，美丽而纯粹的大海，在它的上方，还有那颗星。

　　黄色的水上飞机有黑色的浮子，在大海上转了好几个小时。一圈又一圈，它靠近它寻找的东西。我们就要看见它们了。不可能找不到它们，就是现在。但是，必须没有欲望、不骄不躁地找到它们。这是神灵们，真正的神，它们不知道人类的存在。

　　它们在那里。我们看见它们了，就是现在，在我们周围，身躯庞大，一动不动，耸立在大海上。

它们是如此白，周围的一切都变得黯淡，我们在它们前面停下，不说话，甚至不敢呼吸。声音带我们走向的正是它们。它讲述的正是它们，一刻不停，用它那清晰而坚硬的话语。声音就是从它们中间诞生的，它从天空和大海出来，一直到了河岸、到了城市。得需要多少年才能抵达它们？它们并不在等待。神不要求我们对它们敬畏。它们就在那里，在它们王国的中央，不看任何人。

我们再也不去任何地方了。超乎一切的美，当我们看见它时，只是一次，就终结了一切的冒险。那一刻，彻骨的寒意在我们身体中不断蔓延，我们睁着眼睛，看着对整个大地、一切生命发号施令的它们。

在蓝色、深邃的水上，它们站立着，高大，纯白，在孤星的光芒中。它们像破碎的石碑一样扎入大海的深处，沿着北极的地平线围成一个个半圆。我们寻找的、期待的就是它们，但我们并不说出来。它们一下子就出现了，从冰山猛烈地抽离出来，离开了格陵兰岛、斯匹次卑尔根岛，离开大海释放的一块块巨大的浮冰。它们从最最遥远的北方而来，从我们不认识的峭壁而来，从没有名字的岛屿而来。它们默默无语地统治着，它们是一座座神的塑像，从不聆听人类。一个可怕的咔嚓声，它们诞生了，当时它们正向前冲去，冲入黑色的海水里。

所以也许它们依然还保留着它们所远离的那些地方的名字，那些荒芜、宁静、名字神奇的国度，

昂格马沙利克

纳诺塔利克

荒凉角

之后，更北的地方，

莫里斯·杰塞普角，

卡纳克

乌佩尼维克

坎加齐亚克

乌马纳索克

尼亚库古诺克

阿普塔朱伊斯托克 [1]

而在更北的地方，世界的最高处，在变淡的海洋里，罗蒙诺索夫海岭就像一条不再流动的坚固的大河，在那里，温度计降到最低，在那里，天空就像是太空深处。

我们对世界还知道什么？一直以来，它们静默无声，并不神秘，统治着无人的国度，统治着只有大海的国度。

声音穿过大海，它迅速向前，贴着水面，在闪闪发光的冰块间。但是没有人听见它，没有人回答它。这里是语言自为存在的国度，是没有边界的话语的国度。地平线合上了自己的弧线，再

1　这些地方的原文顺次为 Angmagsalik、Nanortalik、Cap Désolation、Cap Morris Jesup、Thulé、Upernivik、Kangatsiak、Umanassok、Niakungunok、Aputajuistok，它们都属于格陵兰。

也没有什么出入口。阳光稳定、美丽。极度寒冷。我们抵达了最高统治区域，生命的运动在那里被判决、被终结。四季、暴风雨、大海之流、天空之电在那里诞生。白日与黑夜在那里被创造，冬日漫长的黑夜，夏日漫长的白日。真的，我们已经抵达了言语的诞生之地，在那里，只剩下一个词，一个强烈而简洁的词，一个像这颗星一样发光的固定的词。

在它周围，白色的天体并未被遗落。它们在陆地的冰川上移动，它们穿过大海，向着堤岸、港口前进，直到迷宫一般的城市。

但是它们并不想攻占什么。静寂包裹着它们，静寂照亮了天空、洗净了水流。现在，我们身上也有一点点这样的静寂，冬天的宽厚与永恒。我们在大地上缓慢向前，我们自身的绝大部分都被隐藏在黑色的沥青下面，脸部平滑，僵直的身体贴着光滑的峭壁，头顶着风，在这里，在这个思想被严寒冻住的国度，在这个目光不再停滞而是像光一样笔直穿过天空的国度，的确，我们就像是这样，言说的声音已经改变了我们，现在我们分享不屈不挠的美的统治。

自生命之初到最后一刻，我们都在诸神经过的地方。每一个地方，当我们听到诗歌的声音，就会出现北方的伊甸园。间晴打开了沉闷、潮湿、灰色的天空，蓝白色的光穿过迷雾，在暗处发光。每次声音折返时，就像这样，回到生命的中心，我们的心跳声就会减慢，几乎不能呼吸。冰寒的空气让我们沉醉。酷寒经过屋顶，山石发光。于是，这一切都再也不存在了，这些空地、这些高塔、这些大街、这些小道：只有大海。蓝色的、钢一样的大海，在天空下、阳光下。这时，只是向前一跃，我们就来到了不可进入的极地附近，大海与天空的正中心。平静的声音托起我们，把我们带到冰冷的诸神中间，我们在那里待了很久很久，完全沉醉了。我们与皮瑞一起，这是一九〇九年四月六日。我们与固执的海员斯蒂芬森、南森、布鲁齐一起。抑或，我们笔直向前飞，并不看乱颤的罗经。我们像伯德、威尔金斯一样飞翔[1]。我们就像是一下子从斯匹次卑尔根岛飞到白令海峡的"诺奇号"飞艇，下方的海面上，无可计数的神灵在闪耀。

之后，声音远去了。它把我们留下了。视线再一次变短，海水退到了海岸线以下。岛屿、海湾、山脉、峡谷、冲积平原出现了。城市里，高墙又立起来，马路又开始车来人往。远离严寒、天空、大海，我们又开始听到声音、其他的词语，我们又看到闪烁的信号。炎热包裹了手臂和腿。又出现了躲藏处、隐匿处。星星变得如此遥远，只有在黑夜中才能看到它，在缕缕轻烟间颤动、摇晃。该去哪里？去哪一座高楼的顶楼、哪一座高山的顶峰观看？怎样重新找到世界的极

1　这里提到的六个人都是极地探险家，他们的名字顺次为：Robert Peary（1856—1920），Vilhjalmur Stefansson（1879—1962），Fridtjof Nansen（1861—1930），Richard Evelyn Byrd（1888—1957），George Hubert Wilkins（1888—1958），Duc des Abruzzes（1873—1933），George Hubert Wilkins（1888—1958）。

寒？难道必须进到冰箱里去，坐在嗡鸣的电机旁边，观看细小的冰柱子？但，或许只需要这样等待，每天，每夜。声音回来了，它在呼唤，它一直传到神奇的地方，传到世界的顶峰。所以，在街上，有时，我们会遇到回来的那些人，我们知道我们也会回来。冰冷而纯粹的世界，没有边界的世界，在那里，诗歌的声音一直都在言说，那不再是陌生的世界；它就在生命的中心。所以，金属和玻璃有时会发光，飞机在高空飞行，船只在港口起航。北极星在我们观看它的时候变大了。所有人都在等待即将回来的声音。于是，有时，女人有湛蓝的眼睛。

伊尼基 [1]

亨利·米肖

再也不能，伊尼基

斯芬克斯，星球，虚假的符号，
伊尼基的路上重重障碍

河岸退去
石基下沉

世界。世界不再

1　Iniji，神话人物，女性，可能是代表生命的神。诗歌中以
多个神话中的女神与她对照。

只有混沌

石头不再知道怎样做石头

在大地上所有的床之中
伊尼基的床在何处？

小女孩
小铲子
伊尼基的手臂消失不见

一个身体拥有太多另一个身体的记忆
一个身体不再有想象
不再对任何身体有耐心

流淌，流淌
流动的一切
不停地流动
流动

比自己的线还纤细的阿丽亚娜[1]

再也找不到路

风

风吹过阿拉和[2]

风

啊呐呢呀　伊尼基

啊嚷　啊喃啊　伊尼基

哦呐呢呀　伊尼基[3]

1　即希腊神话中的阿里阿德涅（Ariadne）。

2　Araho，米肖想象中的国度。

3　勒克莱齐奥在下文中认为这些词是"婴孩的喃喃呓语"。
这些词是米肖自己新造的词，词义非常晦涩。有评论者认为
这些词与某些远古文化的文本关系密切，类似于宗教仪式、
驱邪仪式的咒语。米肖本人一直认为自己的作品十分接近这
些远古的文本，即诗意与语言本身浑然一体的文本。这也正
是勒克莱齐奥一直追求的诗的本质。也有评论者认为，这些
词都是指女性的名字。

它们让伊尼基失去了活力

一半的身体出去
一半的身体死去

啊呐呢呀　伊尼基
啊呐热塔　伊尼基
啊呐吗热塔　伊尼基[1]

罐子不会倾倒智慧
火不会泼洒牛奶

钥匙，
钥匙在哪里？
昆虫略过了它
扫帚清扫了它

_____

1　米肖新造的词，含义同上。

你，你；但我无所有

夏娃是我

思想的孤女

出走了，紧闭的门

不再争论，伊尼基

伊尼基在说话

用不属于自己的话语说话

的基

的基　的基

的将　迪　迪[1]

它们使伊尼基失去生命

在伊哩滴利利[2]的轨道上一去不复返

1　原文：Djinns/Djinns Djinns/Djins dinn dinn。米肖新造的
词，拟声，大约为祝圣、祈祷之语。Djinns 可能指"元气之
神"、"生命之神"，dinn 可能指"地狱的回响"。

2　Iritillilli，虚构的地名。

它脑袋里的夏天装着那么多胡蜂

再也不见了，伊尼基

若你去呢热

呢呀去哒

若你不呢呀嘶

呢呀拉拉 [1]

缆绳

拉着它

它拖着缆绳

回到哪里去？

房间的心已经离开

---

[1] 原文：Si tu vas Nje/Nja va da/Si tu ne njas/njara ra pas。Nje，Nja，da，njas，njara，ra 这几个词都为米肖新造的词，意义晦涩。Nje 可能是人名或者地名，其他几个词意义不明确，njas、njara 可能是米肖自己造的动词的现在时与将来时变位。此处为音译。

开始总是重新开始

哦沉眠，沉眠在双耳瓮里

停在水面上

停在田野上

这里大家接受完全的丑陋

大家承受飞针的袭击

芬芳的反面，他们啊，他们啊并不知道

闪电不是为了孩子的脑袋而生

但是它就在那里

嬉戏，为自己，不为什么，为了让雷声响起

尼尼基的群山被判了刑

空洞，衰减，深井

世界、疾病与之一起

旅行之门又关闭了
伊尼基进入了墓穴

与深处的恶混在一起
相反的性格在它身上筑巢
火的痛苦与水的平庸
与空气的不连续、不可捉摸

然而
没有生命的身体仿佛石磨在空转

那里没有林中空地
没有泉水，没有祭品
看不见的蜘蛛网织成无数的锦
它们与我的思想一起形成一棵棵树
而我，我不能再对它们做什么

只有强烈的恶心

只有持续不断的持续

音阶吞掉了旋律

天花板下，屋檐下
地板下，床下
麻料里的钟

一只蟑螂吃掉了我的火……

这颗心与其他心相处不好这颗心
再也不能在这么多颗心中认出任何人
一颗颗心装满了呼叫、声音、
旗帜

这颗心与这些心在一起不舒服
这颗心远远地躲着这些心
这颗心与这些心在一起不快乐。

哦窗帘，窗帘，没有人再可以看到伊尼基

斯黛拉[1]，斯黛拉星座

你再也不会为我而升起，奥罗拉[2]

如此沉重

如此沉重

如此沉闷，它们的动作

如此专制，如此方正

如此暴力的野蛮人，如此吵嚷，

而我们如此的睡莲

风中如此的穗子

离人群如此远

在庆祝仪式中如此不自在

年纪如此小却一直在路上

如此的面粉

---

1 Stella，神话中的女神，有"星星"的意思。

2 Aurora，神话中的女神，有"曙光"的意思。

筛过的面粉

一直都在筛子里

蝙蝠的翅膀

不停地拍打我们的脸庞

长柄叉占据了上风

一切都消失殆尽

绳索将地方连在一起，罗兰佐[1]

水面上的天鹅没有说"我的女儿"

因为冰山的错误

因为神灵的离开

发生了这一切

1　Lorenzo，可能是人名，米肖写过一篇文章，题为《洛朗扎最后的访客》，主人公洛朗扎（Laurenza）的名字与这里的 Laurenzo 很相似。这个人物很特别，他虽是男性，但说话的声音是女性的声音。

现在谁会靠近岛屿？

船坞成群地离开

潜入，伸展，变形

一团黑云边上的月亮们

脱下沾满鲜血的手套

脱下沾满鲜血的衬衫

啊放下吧[1]

放下吧

安静

安静

请让我在墙中游泳

---

1 Lasicate，意大利语，相当于法语中的laissez，即"放下"的意思。

我听到有声音在呼唤我

就是它。时间到了。

终于！

镜子接待我们

镜子交换我们

这个世界的丧失，另一个世界的逝者

别管我们

嚯哈啊　嚯啊嚯啊哈　嚯吭

哦啊呵　噢唵 [1]

然后一切又变得如此坚硬

如此讨厌

粗糙苍老的手

1　原文：Roraha Roha Rohara Roran/Hohar hoan。大约为拟
声词，类似于诵经、祈祷、祝圣的词。

落在鬓角青筋暴露的脸上

曾经
曾经
快乐之河没有干涸的河床

那时伊尼基不住在铅门后面
那时一切还未发生

生命，枝头的一端……

啊！可怕、惶恐驱散了宇宙
轻而易举

我周围这些扮鬼脸的人
一直都没有散去
他们想要怎样？

一直重新分配角色

鹧鸪、树叶、疯子

水汽
只有水汽
水汽还可以再迁徙吗？

线穿过
又穿过

无限长的线将我打结
挣扎地将我包围的蚕茧

哦！审判
承受的刑罚就像是一次昏厥

锋利的海浪
钩形的手指
对孤女而言一切都是疾病

伊尼基是沟壑短暂的主人，

父母、夹子、词语短暂的主人

这是一条再也没有谁会过来的遥远的路

沉睡的乳房曾经赠予乳汁。

它已经失去了形状……乳汁也已枯竭……

只剩下嘴唇的影子与呼吸

来吧，来吧，阿巫哈巫[1] 的风

来吧，请你来吧！

---

1 Aouraou，米肖想象中的国度。

附法语原文：

Iniji

Ne peut plus, Iniji

Sphinx, sphères, faux signes,
obstacles sur la route d'Iniji

Rives reculent
Socles s'enfoncent

Monde. Plus de monde
seulement l'amalgame

Les pierres ne savent plus être pierres

Parmi tous les lits sur terre
où est le lit d'Iniji ?

Petite fille

petite pelle

Iniji ne sait plus faire bras

Un corps a trop le souvenir d'un autre corps

un corps n'a plus d' imagination

n'a plus de patience avec aucun corps

Fluides, fluides

tout ce qui passe

passe sans s'arrêter

passe

Ariane plus mince que son fil

ne peut plus se retrouver

Vent

vent souffle sur Araho

vent

Anania Iniji

Annan Animha Iniji

Ornanian Iniji

et Iniji n'est plus animée

Mi-corps sort

mi-corps mort

Annaneja Iniji

Annajeta Iniji

Annamajeta Iniji

La cruche ne verse pas le savoir

Le feu ne répand pas le lait

La clef,

où est la clef ?

Les insectes se la passent

Les balais la balaient

Toi, tu; mais moi n'a

Eve est moi

orpheline de l'Idée

sortie, portes fermées

N'accroche plus, Iniji

Iniji parle en paroles

qui ne sont pas ses paroles

Djinns

Djinns Djinns

Djins dinn dinn

qui inaniment Iniji

sans retour sur les rails d'Iritillilli

Que de frelons dans l'été de sa tête

N'y demeure plus, Iniji

Si tu vas Nje
Nja va da
Si tu ne njas
njara ra pas

Remorques
qui la remorquent
qu'elle remorque

Où retourner?
Le coeur de la chambre est parti

Reprise toujours remise
Oh Dormir, dormir dans une amphore

Paralysie sur l'eau
paralysie sur les champs

Ici on reçoit le plein de la laideur

on subit l'assaut des aiguilles volantes

L'envers du parfum, ils ne savent pas, eux

La foudre n'est pas faite pour les têtes d'enfant

mais elle est là

jouant, pour elle, pour rien, pour faire tonnerre

Les montagnes de Niniji sont condamnées

Creux, décroissances, puits

À l'unisson le monde, les maux

La porte des voyages s'est refermée

Iniji est dans le tombeau

Mêlés à la mauvaiseté des fonds

les caractères opposés ont demeure en elle,

le torturant du feu avec le monotone de l'eau

avec l'inconsistant, l'insaisissable de l'air.

Cependant

sans vie le corps comme la rotation d'une meule

Là où il n'y a plus de clairière

plus de sources, plus d'offrandes

broderies sans fin de la toile de l'araignée invisible

ils font des arbres avec mes pensées

mais moi je ne puis plus rien en faire

Les grands dégoûts seulement

la continuelle continuation seulement

Les gammes ont avalé la mélodie

sous le plafond, le toit

sous la planche, le lit

dans l'étoupe les cloches

Une salamandre a mangé mon feu ...

Ce coeur ne s'entend plus avec les coeurs ce coeur
ne reconnaît plus personne dans la foule des coeurs
Des coeurs sont pleins de cris, de bruits,
de drapeaux

ce coeur n'est pas à l'aise avec ces coeurs
ce coeur se cache loin de ces coeurs
ce coeur ne se plaît pas avec ces coeurs.

Oh rideaux, rideaux et personne n'aperçoit plus Iniji
Stella, Stella constellée
tu ne te lèves plus pour moi, Aurora

Si lourds
si lourds

si mornes leurs monuments

si empires, si quadrilatères

si écraseurs barbares, si vociférants,

et nous si nénuphar

si épis dans le vent

si loin du cortège

si mal dans la cérémonie

si peu de notre âge et tellement toujours à la
promenade

si farine

si blutée

et toujours dans le blutoir

des ailes de chauve-souris

sans cesse nous battant au visage

Les fourches ont prévalu

et tout s'en est allé

les liens liant les lieux Lorenzo

Le cygne levé sur l'eau n'a pas dit «ma fille»

Par la faute des glaces

à cause du départ des esprits

tout est arrivé

Qui maintenant abordera l'île ?

Les formes s'en vont en flocons

plongent, s'étendent, se déforment

lunes sur les bords d'un nuage noir.

On retire ses gants pleins de sang

on retire sa chemise pleine de sang

ah lasciate

lasciate

Silence

silence

Laissez-moi nager dans les murs

J'entends des bruissements qui m'appellent

C'est lui. C'est donc l' heure.

Enfin!

Des miroirs nous reçoivent

Des miroirs nous échangent

la perdue de ce monde， la mort de l'autre monde

Laissez-nous

Roraha Roha Rohara Roran

Hohar hoan

Puis tout redevenu si dur

si repoussant

vieille main noueuse

sur un visage aux tempes veinées

Autrefois,

autrefois

le fleuve de joie n'avait pas son lit desséché

Iniji n'habitait pas alors derrière les portes de
   plomb

Ce n'était pas arrivé.

Vie, extrémité d'une branche ...

Ah! le terrible, le tremblant qui dissipe tout
   l'univers

si aisément

Ces grimaçants autour de moi

sans jamais disparaître

que veulent-ils?

Rôles constamment redistribués

perdrix, feuilles, folles

Buée

plus rien que buée

buée peut-elle redevenir migration?

Le fil passe

Repasse

le fil sans fin qui me noue

cocon qui lutte pour m'entourer

Oh! jugement

condamnation subie semblable à une syncope

vagues coupantes

doigts crochus

tout est maux pour l'orpheline

Iniji hôte éphémère des fosses,

des parents, des pinces, des mots

Voici la route lointaine qui ne ramène plus.

Le sein dort qui a donné le lait.

Le galbe l'a quitté ... et l'opale ...

Il n'est resté que l'ombre et le soupir des lèvres

Viens, viens, vent d'Aouraou

viens, toi!

伊尼基

我们对诗歌有疑问？我们想知道它想要什么，它想从我们这里获取什么。因为通常它没有对我们言说任何东西。一些词，一些破碎的句子，平衡的、犹豫的、多变的，一些我们无法阻止的词语。

也许是歌曲的叠句？那么音乐在哪里？也许是静默的音乐，在水的深处演奏，在一百寻[1]的水底。其他的诗歌，所有出名的诗歌，用心书写、组织的诗歌，像是整体踏步前进的军队。它

1　此处为法寻，旧水深单位，1 法寻约合 1.624 米。

们经过的时候，我们并不在场。我们转过头，去别处寻找。通常，当它们经过的时候，当这些伟大的诗歌经过的时候，有一种巨大的空，一种强烈的空（恐惧、疲惫），而我们喜欢的就是这样的空。

抑或，另一些诗歌，它们言说庄重的事，辱骂，亵渎神灵。这会弄出雷鸣般的声音，但是我们这些矮小又软弱的人，我们不喜欢暴风雨，我们把脑袋缩进脖子里，等待这一切过去。呼喊与辱骂，不是为我们而生。

总有更多的诗歌，在书籍里。白色的纸页上，一行行的诗句，破碎的、悬置的句子……但是，我们望着纸页上这一片空白，还有，远方，那一座座高耸的群山的顶峰；我们从未想要靠近过的可恶的山丘，它们就在它们所在的地方，远远地，在遥远的地方。

它们，这些诗歌，言说着一些事，同时又没有言说任何事。被偷的词语，它们不去任何地方，没有力量，没有延续，没有记忆，我们似懂非懂地读，然后抛下。它们孤孤单单地发出自己的声音，没有耳朵，就像是看不见的蜜蜂在嗡嗡鸣叫。我们这儿读一个词，那儿读一个词，我们可以毫不费力地把它们拼接在一起，因为它们没有根，因为它们没有生命，因为它们就像是空的贝壳，用它们可以做成随便怎样的项链。

而现在，读了《伊尼基》之后，我们再也没有什么疑问了。我们很确定。我们看到了什么东西，我们跟着它，就像是我们自己正在创造它，就像是我们的耳朵可以听到水底深处的音乐。

与其他诗歌都不一样的诗歌，毋庸置疑，它不是为了消遣，不是为了逃避。说实在的，它并不是被书写的，它偶然地出现在这页纸上（第79页），它也可能出现在别处，比如，刻在一棵树上，抑或刻在干裂的地面上，刻在人的身体上。很显然它不只是被书写。它经历了写作的震颤，就这样，它第一次出现了。但是它不仅仅是在这个震颤中，不仅仅是为了眼睛而出现。它在别处，在我们周围，在空气中，在云里，在远远看见的树木的叶子里，在大海里，在蜿蜒着一条小路的草地上。同时也在一座巨大的城市的大街小巷，在高楼的墙与墙之间，与之一起的还有汽车的运动、喇叭声、光、人群。

可能从很久之前它就在那里了，因为，当我们读到它时，我们马上就认出了它。我们没有寻找它，它独善其身，在如此多的诗歌与书籍里。我们没有寻找任何东西，甚至连作者的名字都不曾寻找。我们不知不觉走向了它，而它循着彗星的轨迹走向我们，靠近我们，与我们擦肩而过，然后离开。

如此多被诅咒的知识，让人难堪，挡住道路。这些词，这些有毒的、撒谎的词语让黏膜肿胀、鼓起，阻止空气的到来。这么多的词语：这么多的墙。

但是，还存在其他解除束缚的词语，虽然我们不知道为什么。它们难道不一样吗？它们难道不也是人类的语言吗？它们轻而易举地到来了，我们并未寻找它们，它们很轻，它们什么都不想要，它们不破坏什么。轻盈的词语，像静止的空军联队悬浮在白色的天空。现在，我们看到的正是它们，不是别的什么，就是它们。这样的一种言语怎么会被创造呢？我们更愿意相信这是一种幻象，一种偶然，然而我们知道（正因为这沉重言语的所有词语）这并不是一种巧合。音乐只会扰乱音乐，伊尼基的词语在你的深处找到了它们自己的模样，就好像飞过一片静止的广阔的湖。

诗歌从远处来，就像这样，安静地，带着它的姿态、生命，来寻找你。

奇特，变幻，它在你身上滑动，探寻你。抑或，你之前不曾有身体，现在你拥有了伊尼基的身体。之前你不知道言说。之前你没有思想，没有模样，没有北方。之前远离这首诗歌时，生活非常低沉，完全是低语，因为有序言语（论证与反论证的言语、分析的言语、审判与庄严的宣誓）的所有话语只不过是在物质上方缓缓弥漫的雾。之前你很容易把自己和石头、泥块混淆。之前你没有知识，没有记忆。

这怎么可能呢？之前，在伊尼基之前，我们在哪里？

当然，我们曾经觉得它们很重要，言语的这些词语，这些日常的词语。像猎犬一样直立身体，用于捕猎、追寻、狂吠、杀戮。但是有另外一种语言，是我们在出生之前讲的。一种非常古老的语言，并无什么用途，并不是人与人交易用的语言。不是诱惑的语言，不是为了收买，也不是为了奴役。词语便是从这种语言而来，这些词语：流淌，风，罐子，孤女，轨道，睡，心，星座，天鹅，放下，水流，形状，乳汁，来[1]……它们与生命共同存在，不分离。它们是舞蹈、游泳、飞行，它们是运动。

它们曾经从视线里消失了。

但是，现在，它们被找回，是它们找到了

1　fluides，vent，cruche，orpheline，rails，dormir，coeur，constellée，cygne，lasciate，buée，galbe，opale，viens，这些是米肖诗歌《伊尼基》中的词语。

我，是它们迫使我回忆。

古怪的语言在前行，就像海豚的身体那般自在，太神奇了，毫不费力地贴着我的身体前行，越过我的身体，并不把我的身体放在眼里，很快穿过了一团无法阻挡它的东西。

伊尼基之后，无可说，再无可说。但是这种语言想要的并不是这个。为什么它会让我们说不出话呢？音乐从耳朵进来，应当再从嘴巴出去，或者，从胯部。

伊尼基不存在。每次看到它，语言破碎，词语死去。在进入存在之前被打断。也许是一些反光，因为它的话语并不是话语。每次我们抓住一个名词，因为知道即将出现的东西是什么，便有了幸福的感觉，但是它破裂了。没有什么名词，只有一个个泡泡。婴孩的喃喃呓语，"伊尼基"，"啊呐呢呀 伊尼基"，"的将迪迪"，"伊哩滴利利"。

不想同我说话的语言让世界发狂，让指针颤动，让发动机发烫，放射出一层又一层光。催眠的引力在身体内部将你困住，你很想转移目光，回到在低处讲话的声音、呼唤你的声音。但是多么害怕失去这些正在飞翔的词语中的某一个，多么害怕失去舞蹈、游泳和生命！也许这是你第一次执着于某个东西。

伊尼基的语言不是诱饵。它是沉重的言语，在辅音、音节中膨胀，它在家具内部膨胀，就像盲人在他不熟悉的房间里。你再也不想讲所有的语言。词语在另一边，一直都在另一边，必须尽快与它们会合。所有发音的元音都在回响。

也许必须放弃一切。放下这一切，这些可怕的饰物，这些面具，这些戒指，这些随身携带、任其垂落的腰带。我们想要相信这些只是词语，最不坚实的词语。如果我们有意愿，它们就会消失，它们之前说，之前认为……既然它们一直在审判，有一天，我们难道不会审判它们？但是词语并不只是词语。它们有长长的、坚韧的根，深深地扎在肉体中，扎在血液里，要把它们拔出来必然会痛。习得的词、被认可的词、习惯、寄生物，是它们在分泌毒液。

但是伊尼基并不要求我们选择。不要改变生命，改变面容或名字。伊尼基只要我们想起曾经。在时间、空间之外的语言，永远被讲述的语言，懂得等待我们的语言：当我们不再期待它时，它就出现了，在白色的天空里，它绘出它所有黑色的细小的道路，不通往任何地方。不会有什么出发。短短的一段时间，它用生命同我们讲话，我们则用我们的眼睛与它讲话。当它停止存在于那里，就好像那里不曾有过任何存在。

所以，没有伊尼基也必须活下去？回到它们那里，在低处，它们在无声地嘟哝、嘀咕？我们无法了解：我们被风包围了。